Pour Denise.

Sommaire

NOTA

Italiques : illustrations
Romain : nouvelles
Petites capitales : poèmes

Touches blanches, touches noires …

Opus 111

Nouvelle en deux mouvements

Premier mouvement
Maestoso

En Limousin, juillet 1952.

L'été s'annonce chaud. L'affaire *Dominici* débute son interminable carrière médiatique et le *Tour de France* traverse le Limousin.

Un pique-nique se prépare dans le parc d'une maison de vacances. On s'affaire auprès des coffres des voitures. Toute la famille, invités compris, va voir passer les coureurs de la *Grande Boucle*.

Sur le perron deux jeunes gens guettent le départ des excursionnistes. Bernard, le fils de la famille, est en compagnie de Lucile, la fille d'une amie de sa mère et sa camarade de prépa à *Sciences Po*.

Après le coup de feu des concours et leur réussite commune à la fameuse école, l'ambiance est à l'insouciance. Enfin seuls les deux jeunes gens pourront donner libre cours au jeu du flirt et aux sentiments qu'ils éprouvent l'un pour l'autre.

Une affinité commune pour la musique les avait rapprochés durant leur année de prépa. Bernard, pianiste doué, fou de Beethoven, avait promis à Lucile de lui jouer la 32ᵉ sonate du maître.

Il s'apprête à le faire dès qu'ils seront seuls.

L'air romantique en diable, une mèche de cheveux noirs lui barrant le front, Bernard avait doctement disserté sur la genèse et la signification spirituelle de cette ultime sonate composée par un musicien voué au pire supplice, la surdité.

Bien qu'il n'eût jamais éprouvé de semblable épreuve durant son enfance dorée, il se plaisait à souligner le sentiment tragique émanant de la partition.

Lucile, mélomane avertie, n'était pas en reste de commentaires. Elle lui avait dévoilé ce qu'il ignorait, pourquoi une sonate en deux mouvements au lieu des trois habituels. Le deuxième mouvement en inversant le thème du premier assurait l'équilibre de la pièce.

L'interprétation de Bernard sera l'illustration musicale leurs échanges.

Assis devant le piano à queue sur lequel, enfant, il fit ses premières gammes, Bernard se concentre avant de plaquer les premiers accords. Leur tonalité en mineur installera d'emblée une atmosphère dramatique.

En s'attaquant à ce monument musical, il prend un risque. Une pièce plus accessible comme la *Pathétique* ou la *Clair de Lune*, aurait masqué ses lacunes techniques mais il espère que Lucile, sous le charme de la sonate, cède enfin à son désir.

Dès les premières mesures de l'*allegro con brio*, Bernard, aiguillonné par sa fougue amoureuse, sait qu'il maîtrisera les passages difficiles.

Dans l'exposition du thème fugué, amorcé à la main gauche, ses doigts se placent sans hésitation, sans erreur de tempo ni de doigté.

L'antique demi-queue *Pleyel* répond encore bien. Ses étouffoirs restent efficaces et ses basses puissantes. Concentré sur son jeu mais inquiet de l'effet qu'il produit, il jette des regards furtifs vers son amie.

Installée dans une bergère légèrement en retrait, à droite du clavier, Lucile laisse voir ses jambes brunies chaussées d'espadrilles blanches.

Ses cheveux blonds, sans apprêt, ses yeux mi-clos et sa moue de petite fille fascinent Bernard.

En l'écoutant elle lâche la bride à ses pensées. Rendue indulgente par l'amour, le jeu de Bernard lui semble au niveau des meilleurs interprètes de l'époque, des *Wilhelm Kempff*, des *Yves Nat*.

Elle s'imagine au creux d'un lit dans les bras de son camarade. Malgré ses avances pressantes, comme elle en redoutait les conséquences, elle ne lui avait jamais cédé.

Dans les années cinquante la contraception restait taboue. Les jeunes couples devaient se débrouiller seuls en puisant çà et là d'incertaines recettes auprès des pharmaciens ou des médecins de famille.

Aspirant tout à la fois à une carrière dans la diplomatie et à la maternité, Lucile envisage la vie avec optimisme. L'avenir lui apparaît serein. Même les tragiques accents de la sonate se muent dans son esprit en accords porteurs de brassées d'espérances. Modèle de jeune fille de *bonne famille*, tant dans sa conduite que dans sa mise, elle porte ce jour-là une robe en coton bleu clair à encolure carrée et larges bretelles.

La chute du premier mouvement sur un accord apaisé la sort de sa rêverie. Avant que Bernard n'attaque le deuxième mouvement, debout devant le piano, ils s'enlacent et s'embrassent passionnément. Ils restent ainsi un long moment au milieu du salon, submergés de ravissement.

Une chambre d'amis nichée dans les combles les accueille. Ils font l'un et l'autre l'amour pour la première fois.

Allongé aux cotés de Lucile toute songeuse, Bernard, ivre de sa conquête, se remémore le vers de Baudelaire, « *Là tout n'est qu'ordre et beauté, luxe, calme et volupté* »…

Ce furent de magnifiques vacances, pleines de promesses et de projets. Leurs balades à travers les collines parsemées de petits chênes verts se terminaient souvent au creux d'un fourré. De crainte de briser le sortilège qu'il avait fait naître, Bernard n'ouvrit plus le piano.

Clairvoyantes, les familles affinaient leur stratégie pour les conduire gentiment au mariage.

Les accords tragiques de cet *Opus 111* n'avaient pas troublés ces jeunes gens choyés par la vie. Ils n'exprimaient pour eux qu'une représentation de la douleur, musicalement mise en scène, conforme à leur représentation du romantisme.

Le tragique les rattrapa l'année suivante.

Lucile perdit son père, diplomate en vue, dans un accident de voiture. Avec ce coup du sort ses espoirs de carrière facile s'envolèrent. Dépitée par le peu de réconfort que Bernard lui manifesta, elle mit fin à leur liaison.

Son orgueil de jeune mâle en souffrit.

Au terme de sa scolarité à *Sciences Po*, Bernard poursuivit des études afin de prolonger son sursis d'incorporation dans l'armée.

L'insurrection du 1ᵉʳ novembre 1954 en Algérie avait pris de l'ampleur. C'était désormais une guerre à laquelle il n'avait aucune hâte de se trouver mêlé.

Le sursis fut résilié avant sa vingt-cinquième année. Il partit à *Cherchell*, ville côtière à l'ouest d'Alger, suivre la formation d'officier de réserve. Sorti sous-lieutenant, il fut affecté comme chef de section dans la *Mitidja*.

A son retour, deux ans plus tard, il avait bien changé. Finies les poses romantiques et les amours de vacances.

Son père l'avait fait entrer comme fondé de pouvoir dans la banque de l'un de ses amis.

Un mariage avantageux et une situation enviable dans la finance avaient fait du jeune homme romantique un bourgeois rassis.

*

Adagio molto, semplice e cantabile

Paris, août 2009

En cette fin d'après-midi estivale la chaleur écrase les corps.

Bernard est seul dans un appartement du septième arrondissement aux persiennes fermées. A soixante-seize ans, en retraite depuis peu, ses cheveux ont blanchi et ses traits sont fatigués. Mais il garde sa mèche sur le front et un reste d'allure romantique.

Peu de meubles dans la pièce où il se tient. Juste une bibliothèque, un piano à queue noir et quelques sièges. Durant sa carrière de financier il a continué à travailler l'instrument et la musique l'aide maintenant à supporter sa solitude.

Il vient d'apprendre par une relation la mort de Lucile. Depuis son départ pour l'Algérie il ne l'avait jamais revue.

C'était si loin et si proche à la fois… Il se revoit dans le salon désert de la maison de famille prêt à jouer pour elle.

Envahi par les souvenirs, il sort un ancien album de photos, empilé avec d'autres sur les rayons de la bibliothèque. Il retrouve les clichés de ces vacances et contemple longuement une photo de Lucile prise en contrejour au milieu des foins, nimbée de lumière.

Le vers de Baudelaire lui revient en mémoire… Oui, durant sa vie il avait connu l'ordre et le luxe à défaut du calme et de la volupté mais aucun regret ne l'habitait.

Ses yeux s'embuent. Il est en sueur. Il se sent mal. Sa respiration est haletante. Il va dans la cuisine se servir un verre d'eau.

Il y reste assis un bon moment. En revenant il se met au clavier et place sur le porte partitions celle de l'*Opus 111*.

Ses doigts hésitent. Puis, comme animés par une force qu'ils ne connaissaient plus, attaquent le second mouvement de la sonate, la magnifique *Arietta molto semplice*. Ce second mouvement qu'il ne lui a jamais joué, hommage tardif à son défunt premier amour.

Avec le temps et les épreuves de la vie cette trente-deuxième sonate lui était devenue une fidèle compagne. A chaque reprise il percevait des nuances insoupçonnées. *Beethoven*, ami bienveillant, lui montrait la voie du stoïcisme.

Oui, la vie est tragique ! Les plus belles destinées finissent par des larmes, parfois des regrets si ce n'est d'atroces douleurs. Il avait perdu sa femme et l'un de ses fils et l'insidieuse vieillesse faisait le ménage autour de lui.

Seul, de plus en plus seul, il comprenait mieux le sens du renversement harmonique des deux mouvements de la sonate. Après une montée vers la lumière, l'existence impose de s'enfoncer en silence dans les ténèbres.

Les accords qu'il plaque lui renvoient l'écho de sa jeunesse enfuie et du magnifique cadeau reçut de Lucile. Maintenant il en ressent pleinement la valeur. Ah ! qu'il était bête en ce temps-là, la tête pleine de clichés… Clairs de lune, sentiments exaltés, poses avantageuses…

Qu'ils étaient vains alors qu'il avait tenu entre ses bras le plus beau présent que l'existence puisse offrir, une jeune fille amoureuse, langou- reusement abandonnée…

Il pleure doucement en laissant ses mains dérouler la sonate. Une tendresse infinie l'envahit. Un sanglot lui vient à chaque réminiscence de ces instants de pur bonheur.

La chaleur l'accable de plus en plus. Une douleur s'installe dans sa mâchoire puis irradie vers le bras gauche. Ses yeux se brouillent. A plusieurs reprises il doit revenir à la partition pour retrouver la ligne mélodique. Il joue les arpèges de la dernière variation avec difficulté.

L'émotion l'étreint. Son cœur bat la chamade. Une douleur lui barre la poitrine. Il la connaît et pressent que cette dernière crise lui sera fatale.

Pour mettre toutes ses forces à finir le mouvement il ne tente même pas d'appeler un improbable secours.

Il perçoit alors une forme.

Sa mère est devant lui, encore plus belle qu'il ne l'avait jamais rêvée. Elle lui montre comment poser ses doigts sur le clavier. Sa première leçon de piano. La tendresse émanant de ses gestes lui rend plus tragique son désert affectif.

Malgré de constantes présences féminines, rien n'avait amoindri le souvenir de cette affection maternelle offerte sans contrepartie.

Ah ! comme cette trente-deuxième sonate sait rendre douloureuse l'absence des êtres chers…

A la fin du grand trille sur lequel l'œuvre s'achève, il vacille. Il reste une dizaine de mesures mais c'en est trop pour lui.

Il se résigne et se laisse glisser de son tabouret pour s'allonger à même le parquet. Sa poitrine est écrasée par une tonne de fonte.

Les yeux fermés, sentant la vie s'échapper, une dernière vision s'offre à lui. Lucile est au piano, rayonnante de jeunesse.

Les ultimes mesures de la sonate retentissent. Elle les joue pour lui, le buste légèrement penché sur le clavier. Les touches semblent s'enfoncer sans effort sous ses doigts.

Un impalpable sourire éclaire son visage. Sa chevelure blonde, sa robe bleue en coton, rien n'a changé.

Sur le dernier accord, un pianissimo apaisé, il lui tend les bras…

Puis vint le grand calme où tout se dissout, l'ordre, le luxe, la volupté…

*

Juillet 2005

Paris, un petit matin d'hiver.

Rais de lumière

Subvertir le réel banalisé
Aseptisé et insidieusement dévorant
Par la SITUATION sciemment construite
Et dérobée à l'ennui

Dans le clair de soleil
D'une chambre aux persiennes mi-closes
Dans le sourire échangé
Dans l'orgasme cosmique
Qui roule comme la vague

La faire surgir du bric et du broc
Avec des moyens si dérisoires
Parfois même d'un instant si bref
Que tu es seul à la reconnaître

Et dans la parfaite conscience de ta finitude
En jouir à perdre vie

Paris Batignolles
30 septembre 1980

Élément d'un Ikebana.

La Balance

L'infortuné est heureux tant qu'il ignore son infortune.
Gotthold E. Lessing. *La dramaturgie de Hambourg*

(1767-1769).

Ses dernières foulées sont pénibles. Depuis qu'il a quitté son bureau la pluie n'a cessé de tomber. Une sale petite pluie d'hiver avec des bouffées de neige fondue. Son survêtement blanc est détrempé et ses pieds pataugent dans ses *Nike*.

Enfin, le parc de la résidence apparaît dans le halo des lampadaires.

Arrivé à l'entrée de son immeuble, impatient de prendre sa douche, les cheveux ruisselants, il appelle sa femme par l'interphone. Elle tarde à libérer l'ouverture. Ça l'agace.

Il regrette de n'avoir pas ses clés sur lui. Ce serait si simple de glisser un trousseau dans sa poche mais la chasse au poids superflu est son obsession. Un déclic, la porte est ouverte.

Dans le hall d'entrée, sortant de l'ascenseur, il croise un individu balourd dans sa démarche, un rien *beatnik* dans sa mise, quatre-vingt-dix kilos au bas mot. Tout ce qu'il déteste, l'embonpoint, le laisser aller, les vêtements informes.

Adolescent, la lecture des *Leçons américaines* d'*Italo Calvino* lui fut une révélation et le thème de la *légèreté*, devint son modèle de perfection. A l'école d'ingénieur il toisait avec mépris ses camarades dont les beuveries à la bière épaississaient aussi rapidement leurs silhouettes qu'elles abaissaient l'estime qu'il leur portait.

Professant un esthétisme où le beau est synonyme de légèreté, il se voudrait *Zen* autant dans sa vie professionnelle que personnelle.

*

Arrivé à l'appartement, il se débarrasse de sa tenue de *jogging,* l'enfourne dans la machine à laver et passe à la salle de bain.

Il monte sur la balance et note soigneusement le poids qu'elle indique sur un carnet.

Sa manie du superflu a engendré une idée fixe, voir s'afficher sur le pèse-personne soixante-douze kilos, un poids idéal, calculé en fonction de sa taille, un mètre soixante-seize et d'autres paramètres corporels.

C'est pour ce résultat bizarre, non pour rester mince puisqu'il est svelte, qu'il s'astreint matin et soir, été comme hiver, à deux longues séances de course à pied.

Cette fois-ci, bien qu'il ait forcé plus que d'habitude, la pesée reste étale : soixante-quatorze kilos deux cents. Il était pourtant sûr de s'être rapproché de ce qu'il désire tant voir afficher, ce "7" et ce "2", sans rien après la virgule.

Sous la douche il incrimine cet instrument mécanique, trop vétuste à ses yeux, pas assez sensible, n'affichant le poids que par bonds de 200 grammes. L'idéal serait de mesurer des écarts plus faibles, 100 grammes par exemple.

Puis il enfile un kimono de coton blanc, passe dans la grande cuisine et se met à table.

Sa femme lui sert son repas, un menu spécial, différent du sien. Il est végétarien de stricte obédience. Pas de viande, pas d'alcool. En dehors du soja, point de salut !

Dans leur couple, la nourriture est un sujet de discorde. Toujours trop riche, trop grasse, trop abondante. Il reproche à sa femme d'être enrobée et de refuser d'appliquer son hygiène de vie.

C'est d'ailleurs par crainte de la voir prendre de l'embonpoint qu'il n'a jamais voulu d'enfants.

*

Propriétaire d'une entreprise de plasturgie de précision dans le quartier d'*Eimsbüttel* à *Hambourg*, sans soucis matériels, il entretient seul le foyer. Ses bureaux jouxtent l'un des nombreux parcs du quartier sur lequel donne également sa résidence. Cet environnement vert et protégé lui offre de multiples parcours pour varier ses courses quotidiennes.

Il part tôt chaque matin pour arriver à l'heure au travail. Il se douche et se change dans ses locaux.

Afin qu'il apparaisse toujours impeccable aux yeux de ses collaborateurs, sa femme passe chaque semaine déposer du linge propre et renouveler ses costumes, chaussures et autres accessoires vestimentaires.

*

Ancienne hôtesse de l'air à *Lufthansa*, ne travaillant plus depuis leur mariage, elle n'a ni la volonté ni la hantise de conserver sa silhouette d'antan pour complaire à son mari.

Au cours de leur première rencontre sur un vol *Hambourg-Las Palmas,* ce fut son maintien et ses manières précautionneuses qui l'attirèrent. Une apparente rigueur dans la façon de gérer sa vie qu'elle lui enviait.

Maintenant, dans le décor dépouillé à l'extrême et la vie austère qu'il lui impose, elle s'ennuie. Peu de distractions, pas d'amis hormis quelques invitations dans le cadre professionnel.

Dans le salon, les bouquets qu'il compose avec un soin maniaque selon les règles de l'ikebana sont placés dans des vases aux formes épurées.

Sur les murs d'un blanc pur, ni tableaux ni gravures, juste quelques rouleaux de soie calligraphiés en idéogrammes japonais.

Heureusement sa mère habite la même résidence. Les deux femmes se voient tous les jours. Elles considèrent cet homme comme un grand enfant. Un enfant gâté.

Plutôt que de se révolter, elle préfère lui passer ses caprices. Même cette obsession du poids, elle ne dramatise pas. Elle fait avec...

D'ailleurs, il serait difficile de s'opposer frontalement à ce tyran domestique n'admettant ni contradiction ni remise en cause, imbu tout à la fois de ses prérogatives de mari et de patron.

Car il impose aussi ses lubies dans ses bureaux et ses ateliers. Si les employés conservent une certaine liberté pour s'habiller, une styliste a dessiné un uniforme en coton blanc pour les opérateurs de production. Blanc, comme les murs des ateliers...

*

Pour le *Vatertag* du jeudi de l'Ascension, la fête des pères qu'elle lui souhaite tous les ans par dérision, elle lui a offert un pèse-personne sophistiqué. Précis à cent grammes près, il garde en mémoire le poids précédent qu'il énonce d'une voix synthétique lorsqu'il est activé.

Le cadeau a tout de suite été adopté et la pesée s'apparente de plus en plus à une liturgie.

Installé sur un socle revêtu de moquette bleue, spécialement fabriqué, il se présente nu devant son juge.

Tout en contemplant son image dans la glace, il active le circuit électronique en donnant une légère tape du bout du pied. Après avoir noté mentalement la précédente pesée, il monte sur le plateau pour écouter, recueilli, la nouvelle sentence articulée par la voix métallique.

*

On est en juin. Désormais, soir et matin ses courses se déroulent en plein jour.

A deux reprises il a croisé dans le hall l'homme aperçu quelques mois plus tôt dans la pénombre de l'hiver. Il lui inspire la même aversion.

Un doute le saisit. Il connaît les résidents de l'immeuble, des personnes âgées pour la plupart. Il s'agit donc d'un visiteur. Mais pour quel appartement ? Sortirait-il de chez lui ?

Au fil des jours, ses soupçons se renforcent.

Sa femme réagit différemment à ses étreintes. Il en est troublé. Mais il ne dit mot, refusant tout à la fois l'inconcevable idée qu'elle le trompe et l'obligation d'affronter une crise ouverte.

Un soir, alors qu'il rentre plus tôt après avoir prévenu, l'homme sort précipitamment du hall. A l'encontre de la plus élémentaire courtoisie, il ne répond pas à son salut.

Sa femme lui ouvre en peignoir. Excité par la sensualité qu'elle dégage et contrairement à ses habitudes, il la pousse vers le lit.

Pendant l'acte, il est sûr qu'elle mime le plaisir. Brutalement, le doute devient certitude. Ce type est son amant. Il vient la voir dans la journée pendant qu'il travaille !

Il la quitte mal à l'aise et passe à la salle de bain.

De lourds pressentiments roulent dans sa tête. Il donne nerveusement la tape habituelle et attend le message sonore.

«QUATRE..VINGT..DIX..SEPT..KILOS..TROIS..CENTS..»

Il n'en croit pas ces oreilles ! Il est abasourdi. Lui faire ça, à lui !

Le salaud est venu se laver dans la salle de bain et jouer avec sa balance ! Il ne laissera pas passer !

Blême, fou de rage, les dents serrées, il se précipite dans la chambre, attrape sa femme par le poignet et l'entraîne de force vers le pèse-personne pour la contraindre à activer de nouveau le mécanisme.

Docile, la voix de synthèse répète :

«QUATRE..VINGT..DIX..SEPT..KILOS..TROIS..CENTS..»

Pressentant une scène violente, elle se recroqueville.

Alors il se déchaîne. Les coups pleuvent. Elle est à terre.

Elle se pelotonne autant qu'elle peut, protégeant sa tête avec ses bras pour éviter d'être frappée au visage. Après s'être acharné à coups de poings et de pieds, il se penche sur elle pour lui crier sa haine, son dégoût et sa fureur.

Saisissant cette accalmie, elle se redresse d'un bond et s'enfuit hors de la salle de bain. Il la rattrape dans le couloir et l'agrippe par les épaules. Elle se dégage à nouveau.

Il la poursuit dans l'entrée et la plaque à plat ventre sur la moquette. Il l'enfourche et pèse de tout son poids sur ses reins pour l'immobiliser. Elle suffoque. La saisissant aux cheveux de la main gauche, il lui tire violemment la tête en arrière. Elle crie, elle se débat, elle implore.

Envahi d'une irrépressible pulsion de meurtre, il passe son bras droit sous le cou de sa victime en serrant très fort. L'étranglement produit son effet.

Les mouvements de la malheureuse deviennent convulsifs. Sans être conscient d'être en train de tuer sa femme, la sentir à sa merci lui procure une jouissance intense. Il a perdu tout contrôle sur lui-même.

L'interphone grésille.

Surpris, il relâche son étreinte.

Elle en profite. Se libérant d'une roulade, elle se rue vers la porte d'entrée, dévale l'escalier et passe nue et échevelée devant deux *Témoins de Jéhovah* médusés qui viennent, sans le savoir, de lui sauver la vie.

Resté seul, anéanti, dévasté par cette trahison, il claque violemment le battant de la porte, cours au salon, saisit une chaise et la fracasse sur le mur. Il en prend une autre et s'acharne sur tout ce qu'il peut briser. Il s'obstine sur ses précieux vases et déchire les panneaux de soie.

Réaction d'enfant gâté préférant détruire ses jouets que de les partager, son esprit se brouille. Il perd contact avec la réalité…

Il se précipite alors dans la cuisine, ouvre le réfrigérateur américain et sort les victuailles préparées pour le *brunch* que sa femme devait donner le lendemain à quelques amies : viandes froides, cochonnailles, un opulent fraisier et un saladier de mayonnaise pour accompagner un assortiment de légumes à croquer.

Et là, à genoux sur le carrelage, il ingurgite compulsivement tout ce qui est à sa portée. Sa frénésie est telle qu'il avale sans les mâcher des tranches entières de gigot et de gros morceaux de saucisses. Il engloutit les tomates et enfourne la mayonnaise à pleines cuillères. Il éprouve alors une soif intense. Il court au salon prendre une bouteille de vin, en boit la moitié d'un trait et retourne se goinfrer.

Dans sa folie, il dénie tout ce qu'il avait sacralisé sa vie durant !

Puis ses gestes deviennent hésitants. Après avoir terminé la mayonnaise et les plats préparés, il s'attaque au fraisier. Il fourre dans sa bouche ses mains pleines d'une bouillie indistincte de fraises et de crème. La bouteille est vide. Avec difficulté, il retourne en chercher une autre. C'est du whisky. En titubant, la bouteille à la main, il contemple abasourdi la pièce dévastée.

Un tournesol, échappé d'un bouquet, s'étale sur le parquet. Surmontant ses hoquets, il plante ses dents dans la fleur et mâche mécaniquement les graines. Des gorgées de whisky les font passer. Peu à peu il sombre dans un coma éthylique…

Le lendemain matin, sa femme, réfugiée chez sa mère, n'osant pas retourner seule à l'appartement, demanda au gardien d'aller raisonner son mari. Après avoir sonné à plusieurs reprises sans résultat, il ouvrit la porte avec un passe.

Allongé nu dans le salon, baignant dans ses vomissures, une fleur de tournesol déchiquetée à la main, son mari avait cessé de vivre.

*

Par chance, le rapport d'autopsie concluant à une mort accidentelle par obstruction des voies respiratoires suite à la régurgitation du contenu stomacal, la compagnie d'assurance sur la vie paya sans sourciller le contrat souscrit par son mari.

*

L'hiver finit. Les beaux jours revinrent.

L'usine fut vendue et la balance balancée sans état d'âme.

Le nouveau couple profita sans entraves des plaisirs de la chère et de la chair…

« *Würste, Schinken und Wein der Rhein nach Wunsch*! »*

*

« Saucisses, jambon et vin du Rhin à volonté ! »

TRAITÉ

DE

LA POËSIE

FRANÇOISE

Par le P. MOURGUES *, Jésuite.*

NOUVELLE ÉDITION,

Revue, corrigée & augmentée :

Avec plusieurs Observations sur chaque Espéce de Poësie.

A PARIS,

Chez Joseph Barrou, rue Saint Jacques,
près la Fontaine S. Benoît, aux Cigognes.

M DCC LV.

Avec Approbation & Privilége du Roi.

Frontispice d'un Traité de poésie publié à Paris en 1755

Collages

La poésie c'est le plus joli surnom qu'on donne à la vie.

Jacques Prévert

J'aime l'orgue de barbarie
L'orgie de Barbara
Quand Barbara paraît
Quand Barbara sourit
Quand Barbara s'élance
Vers celui qui l'aime
Vers ceux à qui l'on dit toujours "tu"
Quand on aime
J'aime son visage mouillé
Son Cri
Quelle connerie la guerre !
Même ces chiens crevés
Vers l'Ouest dont il nous reste …
La musique de Kosma
Cette musette cosmique

J'aime la musique
La muse
L'âme qui s'amuse
La belle âme d'Hugo
Drue, paillarde, réaliste
Mais tellement poétique

J'aime les tiques qui toquent les chiens
Les chattes qui lapent le lait des petits chiens…
C'est Lou qu'on la nommait
J'aime les jolies rousses

Les jolies filles aux cuisses ouvertes
Sur des toisons moutonnantes
Jusque sur l'emplanture …

J'aime la verdure
J'aime la verdeur
La moiteur …

Les moteurs
Ah les moteurs !
J'ai idolâtré les moteurs
Ces mécaniques acérées
Animant la divine machine à flasher les pays
A vriller les boyaux
La grande Bécane cosmique
Narcissique et orgasmique
Chevauchée des nuits et des jours
Sur les fleuves impassibles des routes bitumineuses
Des années-lumière, des années Lula
Des années lanlaires …

La grande Odyssée
Des mots, des odeurs, des douleurs
Pêle-mêle projetés
J'ai aimé la traversée épique
De ces espaces infinis …

Ma chambre, le Monde
Ton corps …
Dont le centre est partout, la circonférence nulle part …

J'ai rêvé des nuits pleines aux mystères mystiques
Sans songer que les pieds lumineux des Maries
Pussent forcer le doute de mes élans poussifs

J'ai pris ma part aux banquets des vivants
Dévoré les petits fours de la sotte vanité
Vidé la coupe de l'ivresse des corps
Vomi sur la nappe trop blanche de la trahison
Puis dressé pour d'autres convives
La table du festin

Et maintenant
J'attends
Patiemment
Barbara …

Paris Batignolles
22 décembre 1980

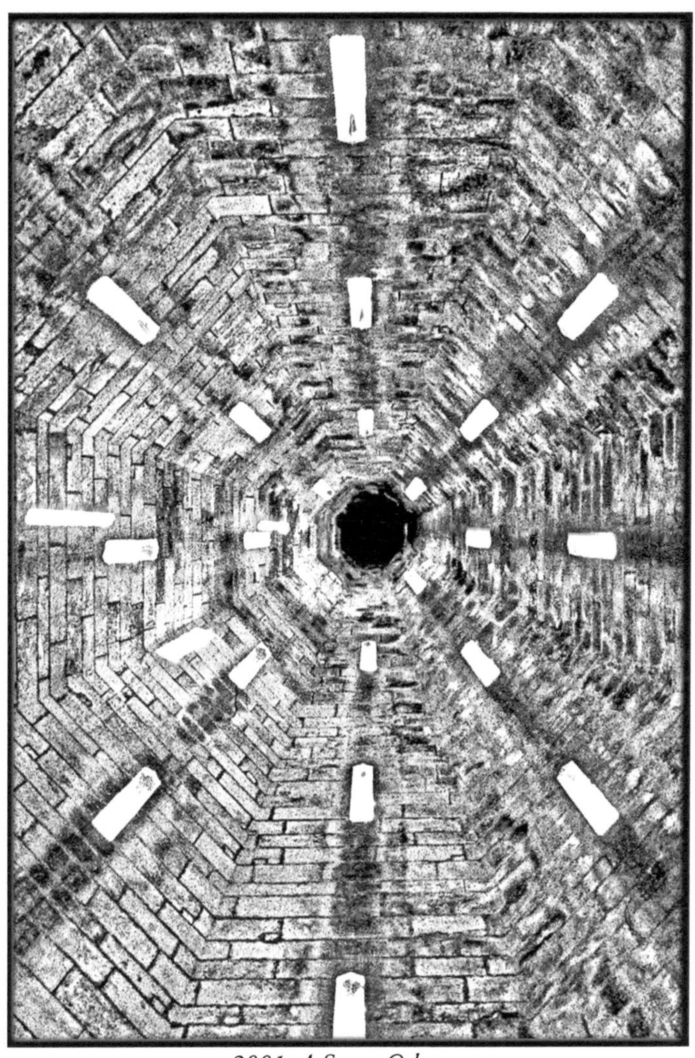

2001. A Space Odyssey.

Le Delta Charlie Delta* *était trop curieux*

CYBER NOUVELLE

*« L'homme accompli meurt avant de mourir
et lave son cadavre avant ses funérailles ».*
Hadji Bektash Veli
Maître soufi du XIII° siècle

Assis dans un fauteuil au milieu d'une pièce vide, la tête au chaud dans son *virtualscope*, un dispositif holographique de réalité virtuelle, le vieillard repassait sans se lasser les images de ses arrières-petits-enfants gambadant sur la pelouse. C'était le 26 novembre 2038, le lendemain de son quatre-vingt-douzième anniversaire. Une petite fête de famille à la fois joyeuse et grave.

Connaissant son bilan génétique et sachant la minceur de son espérance de vie, il prenait un intense plaisir à faire revivre ces moments heureux.

La sonnette d'entrée retentit dans les *bio-parleurs*. Plus exactement, elle émit un bruit cristallin, presque céleste. Oui, supraterrestre, angélique. Bizarrement, il n'éprouva pas le besoin de se lever pour aller au-devant des visiteurs.

D'ailleurs, ils l'entourèrent très vite d'une présence indéfinissable.

Il lui sembla qu'ils étaient quatre.

Il ressentit alors une curieuse impression. L'un d'eux s'approcha pour lui parler et, bien qu'il ne distinguât ni sa bouche ni ses lèvres, il fut interpellé d'une voix ferme mais dénuée d'animosité.

« Etes-vous prêt ? ».

Sa réponse résonna comme une délivrance. Elle le surprit car il l'avait formulée sans articuler un mot. « Oui, je suis prêt ! »

---

* Argot du SAMU, transposition phonétique de "décédé".

Ces simples mots avaient suffi à établir une impalpable atmosphère de confiance et de cordialité. Ils retirèrent délicatement le casque holographique puis, sans gestes inutiles, sans efforts apparents, ils soulevèrent son fauteuil pour l'orienter selon une direction et une inclinaison bien précise.

La musique qui avait accompagné leur entrée s'amplifia doucement et sa vieille carcasse fut soumise à une puissante accélération.

En un clin d'œil les murs de la pièce se figèrent dans une invraisemblable perspective. Ils se réduisaient à de longs figements lumineux, exactement comme dans les anciens films de science-fiction. Un vieux trip à la *2001 Odyssée de l'espace* !

Oui, c'était bien ça, le fauteuil était orienté plein Est et l'angle conforme à celui d'un lancement.

Il était expédié dans *l'hyper-espace-temps*.

Au fur et à mesure que son corps se dissolvait dans la vitesse, la présence de ses visiteurs se faisait plus charnelle et plus prévenante.

Peu à peu leurs formes se précisaient. A la fois évanescentes et bleues pâles, elles avaient les apparences d'anges. Ou du moins, de la représentation qu'il s'en était toujours faite.

D'ailleurs leurs ailes ne tardèrent pas à lui apparaître distinctement.

Il y avait deux hommes et deux femmes.

Intrigué par cette distinction sexuée heurtant ses convictions sur la vraie nature des anges, il ne put s'empêcher de les questionner.

Leurs réponses, comme leur première interpellation, lui furent communiquées sans paroles.

Leur patron, le *Grand Manitou* de l'hyper-espace, s'était rendu compte que les missions de transfert était facilitée s'ils présentaient cette apparence familière aux *désignés*. C'est le terme que *l'Administration céleste* utilisait pour qualifier leurs clients.

Ainsi, qu'ils fussent de sexe masculin ou féminin, ils se montraient plus dociles. Mais l'un des quatre s'empressa de préciser, cette fois-ci d'une voix bien distincte, qu'il ne s'agissait que de l'apparence extérieure. En pouffant derrière son aile, il ajouta même d'un ton égrillard : « Oui, pour nous, il n'y a plus ni tenon ni mortaise ! ».

Comme il l'avait souvent entendu dire, sa vie défilait sur les murs virtuels de son caisson de transfert. Les derniers mois étaient les plus présents. Il revivait distinctement cette forme d'acharnement, de rage même, qui l'avait poussé à se dépouiller de toute forme de possession.

La petite fête organisée par sa famille pour son dernier anniversaire avait été le point culminant de cette quête. Malgré leur gêne apparente et leurs dénégations, il avait distribué les quelques biens et souvenirs qui lui restaient encore ; ceux qui avaient résisté le plus longtemps à la poubelle ou à la destruction.
Il ne conservait que l'essentiel : quelques ustensiles de cuisine, une trousse de toilette, un peu de linge et trois livres.

Durant les trente dernières années de sa vie active, l'utilisation intensive des *computers* l'avait conduit à accumuler une masse considérable de fichiers. Dans le souci de conserver *post mortem* une trace de cette activité, il les avait déposés dans un *memorium*[*].
Il en avait été de même de toutes les photos et documents audiovisuels numériques dont il voulait préserver l'existence ainsi que ceux hérités de ses ancêtres sous forme de photos jaunies ou de films d'amateurs en 8mm.

---

[*] Lieux de conservation des mémoires numériques, fonctionnant sur le principe des bibliothèques nationales, imaginés par le journaliste *Pierre Berger*.

Alors, l'esprit en paix, il attendait son *shut-down*[**] biologique.

Il comprit vite pourquoi les officiants étaient si détendus. Sans jeu de mot, le dénuement matériel et sentimental où ils l'avaient trouvé allégeait leur tâche.

Après une brève éternité et quelques superbes effets visuels dus à la courbure de son espace-temps, il aiguilla le quatuor sur leurs problèmes de déménageurs célestes.

« Oui, notre travail est rendu souvent difficile par l'inutile attachement des *désignés* à leur sort terrestre ». Pour une raison qu'ils ne surent lui expliquer, le transfert était rendu d'autant plus ardu que leurs clients étaient lestés de plus d'attaches. Il leur arrivait même d'avoir recours à quelques expédients peu glorieux sur lesquels ils ne souhaitèrent pas s'étendre.

Au fil du voyage l'ambiance devint fort cordiale.
Il en apprit plus durant ces quelques moments de transfert sur la vie, sur la mort, sur l'amitié que pendant toute son existence.

Une question lui brûlait les lèvres. Bien sûr, pour préserver cette euphorie, il n'aurait jamais dû la poser. Mais, pressé par la curiosité, il ne put s'en empêcher :

- Qu'est-ce qui m'a fait basculer chez les *désignés* ?
- Une rupture d'anévrisme foudroyante !
- *JE ... M'EN ... DOUTAIS* ....

Dernières pensées du *désigné* Jean-Paul Margnac,

retranscrites dans le *Memorium* de *l'Hyperespace*

Le 26 novembre 2038

[**] « Extinction », le fait d'éteindre un ordinateur.

Tête de Silène.

Qôhèlet

Rien de nouveau sous le soleil
Ecclésiaste (1,9-10)

Rien de nouveau sous le soleil …

Est-ce si sûr ?

Certes, nous sommes les enfants du Passé …

Sans ancêtres, pas d'existence

Sans existence, pas de futur

Sans futur, pas de présent

Sans présent, pas de désir de percer le futur

Sans ce désir, pas de science

Sans elle, pas de conscience

De soi, des autres, du tout …

Rien que le radotage

(La sagesse diront certains)

D'ancêtres qui firent de leur mieux

Pour faire émerger la conscience

De soi, des autres, du tout …

Novembre 2002

Palerme, Sicile. Le petit marchand de poisson. Août 1954.

Sens dessus dessous

Ou la force des mots

A Pierre Berloquin

Cʹétait il y a bien longtemps …

Un temps où parler yiddish témoignait dʹune tradition et dʹune joie toute simple de vivre ensemble. Un temps où un mot sinistre, un mot hébreu mordant comme un fouet, *Shoah*, nʹavait pas encore été forgé pour décrire le cataclysme qui sʹabattra sur ces contrées.

Un air vif, printanier, soufflait sur le *shtetl.* Le soleil nʹétait pas encore bien vaillant mais la place du marché bruissait déjà de mille laborieuses énergies. Tout en saluant au passage ses connaissances, chacun vaquait à ses occupations.

Rien ne laissait présager le cataclysme, le petit rien qui allait mettre sens dessus dessous cette paisible communauté.

Simplicissimus, le simple en esprit du village, orphelin de surcroît, regardait sans les voir les ménagères sʹaffairer avec leurs cabas au milieu des étals. On lʹaimait bien cet enfant au regard perdu, aux réactions imprévisibles. Cʹétait lʹêtre le plus faible mais aussi, pour ces croyants, le plus sacré.

Il tenait à la main la tartine de beurre que la boulangère lui offrait chaque matin. Subjugué par les gestes du marchand de tissus mesurant une pièce, il en oubliait de la manger.

Une mouche tournoyait autour de son visage. Voulant la chasser, coordonnant mal ses gestes, la tartine lui échappa au moment précis où la vieille *Sarah Meyer* passait à son côté. Elle vit de ses yeux le signe funeste. Saisie d'effroi, elle recula vivement, laissant échapper un puissant *"A broch!"*, malédiction !

Très vite un attroupement se forma. Les mines étaient consternées. Posée bien à plat sur le sol, le beurre dessus, la maudite tartine défiait le village ! Personne, de sa vie, n'avait vu tartine tomber du bon côté.

La foule grossit. Sans paroles, mais non sans chuchotis, la panique se propagea par cercles concentriques. La femme qui l'hébergeait emmena sans ménagement le pauvre *Simplicissimus*.

En un clin d'œil la place du marché fut déserte. Les femmes rameutèrent leur marmaille pour se calfeutrer à l'abri des maisons.

Un petit groupe d'hommes désemparés, parlant à voix basse, se regroupa spontanément près de la synagogue. « *A klog iz uns !* », nous sommes maudits ! Passé un premier moment de désarroi, ils décidèrent d'aller trouver le rabbin pour lui exposer le prodige et lui demander sa protection.

Chaïm Zhitlowsky était un *Bal Toyreh*, un homme sage et instruit. Ils le trouvèrent chez lui en bras de chemise au milieu de sa progéniture, la kippa sur la tête, en pleine explication d'un passage de la Thora. Parlant tous ensemble, faisant de grands gestes, le rabbin eut bien du mal à comprendre ce qui poussait ses ouailles à le déranger à l'improviste.

Très vite il comprit que l'affaire était grave. La communauté attendait une explication religieuse à l'incident de la tartine. Il ne s'agissait pas de prendre l'affaire à la rigolade.

Ce n'était pas *ein Witz*[*] !

---

[*] *Une blague.*

Quelques paroles anodines les rassurèrent et il proposa un délai pour réfléchir.

Il fut convenu qu'il donnerait sa réponse à trois heures de l'après-midi, sur le perron de sa maison. C'était la veille du Shabbat et il ne fallait pas laisser s'installer ce climat de désarroi.

Troublé par le contraste entre le coté dérisoire de l'incident et son incroyable répercussion, le Rabbin ne toucha que du bout des lèvres au délicieux *Gefilte Fish*, que sa femme avait préparé. Pire, traduisant bien son inquiétude, il laissa la tête de la carpe à son fils aîné !

Le repas expédié, il s'enferma dans son bureau. Ses enfants s'approchèrent sans bruit de la petite fenêtre intérieure donnant sur la pièce. Ils le virent ouvrir fébrilement plusieurs ouvrages et se prendre la tête dans les mains. Ils comprirent alors que leur père faisait face à une sérieuse difficulté d'interprétation. Ils se retirèrent discrètement.

Durant ce temps, l'angoisse poursuivait ses ravages parmi les habitants du *shtetl*. La synagogue s'était emplie peu à peu. Un puissant brouhaha montait des bancs. Ce n'était pas le doux murmure habituel des prières mais de puissantes lamentations faisant office d'exorcisme collectif.

Bien avant l'heure fixée, tous les hommes de la communauté étaient rassemblés devant la maison du Rabbin.

Ses enfants inquiets du silence de leur père, regardèrent de nouveau à travers la fenêtre. Le tableau avait bien changé ! Les pieds sur son bureau, fumant un cigare, le sourire en coin, ils comprirent alors que l'infaillible *Chaïm Zhitlowsky* avait enfin trouvé la réponse.

L'heure du rendez-vous approchant, il s'habilla avec soin et se présenta sur le perron à la foule des fidèles.

Vêtu de son plus beau caftan noir, coiffé de la *Yaermelke*, sa calotte en satin, le rabbin fit grand effet sur l'assemblée. Tout le monde comprit, au sourire bienveillant accroché à ses lèvres, qu'il avait la clé de l'énigme.

Il exhorta d'abord ses fidèles à remplir avec ferveur leurs obligations religieuses et rappela avec force les devoirs d'un croyant.

Sentant son auditoire impatient d'entendre son interprétation du prodige, il en vint aux faits : « Soyez rassurés, aucun signe néfaste ne s'est manifesté au-dessus de nos têtes … »

Un soupir de soulagement très perceptible suivit ses paroles. Mais ce n'était pas encore suffisant. On voulait savoir d'où leur rabbin tirait cette certitude qu'une tartine qui retombe du bon côté n'était pas une malédiction.

Alors, d'un air benoît, ouvrant les bras en signe d'apaisement il lança à la cantonade :

« Mais c'est très simple, la boulangère l'a beurrée à l'envers ! ».

Tous les présents s'en voulurent intérieurement de ne pas avoir trouvé eux-mêmes l'explication. Ils se dispersèrent en silence, la tête basse.

Seul restait *Simplicissimus*, toujours étranger à l'agitation du monde. *Chaïm Zhitlowsky* le bénit et rentra chez lui préparer le Shabbat.

Et voilà comment un brave rabbin de Lituanie remit de l'ordre dans le chaos et rendit la sérénité à sa communauté.

*

Street Art. Gorgone aux trois têtes.

Une vie de pommier

Selon l'empressement qu'ils mettent à produire
Les jardiniers classent les arbres fruitiers
En hâtifs ou tardifs

Sans l'ombre d'un doute
Les jardiniers d'homme
Me cataloguent comme tardif

Faisant tout à l'envers
Sérieux comme un pape adolescent
Farfelu dans l'âge mûr
Ma vie n'aura de sens que dans l'accomplissement
Tardif de quelques manquements

Apprendre d'autres langues
Réunir mes souvenirs …

Bref conserver
Jusqu'à mon dernier souffle
La capacité de créer…

Paris Goutte d'Or
Janvier 2001

Paris, avenue de l'Opéra. Septembre 1998.

Tarzan

A 15 heures, *Samuel S.* sort d'excellente humeur du *Café de la Paix*, place de l'Opéra. Il fait beau. Les passants forment une foule colorée et bon enfant.

Le déjeuner avec un ancien copain, médecin comme lui, qu'il n'avait pas revu depuis l'internat, a été l'occasion d'agréables échanges. La conversation a roulé sur leurs carrières respectives, la famille, la politique, puis a dérivé vers ce qui avait suscité leur amitié, la métaphysique. L'éternelle question du bien et du mal.

Adolescent *Samuel S.* avait connu les camps de concentration.

Le mal absolu, il l'avait vu à l'œuvre des mois durant.

Son interlocuteur, chrétien, idéaliste, soutenait que le mal gagnait parfois mais que le bien, certes discret dans ses manifestations, restait le plus fort et cita à l'appui de sa thèse le mot de *Naguib Mahfouz*, " le mal est un corrupteur tapageur ".

Ils se séparèrent en promettant de se revoir.

Samuel S. régla l'addition, consulta sa montre et décida de rejoindre à pied la station de métro *Chaussée d'Antin* pour rejoindre l'hôpital *Lariboisière* où il exerce.

Encore sous le charme de ce stimulant dialogue, il longe la terrasse du *Café de la Paix* et traverse sur un passage piéton devant l'Opéra.

Une décapotable rouge vif fonce sur lui et l'oblige à reculer d'un pas.

A son passage il donne à la volée une grande tape du plat de la main sur la carrosserie.

Le conducteur s'arrête quelques mètres plus loin au beau milieu de la circulation et sort de sa voiture comme un diable, sans même refermer la portière. Il s'approche, menaçant. De taille moyenne, la chemise voyante largement ouverte sur une poitrine bronzée ornée d'une chaîne en or, il gesticule, manifestement hors de lui.

Qu'un piéton ose porter la main sur sa voiture est l'insulte qu'un automobiliste " qui en a " ne peut tolérer.

Samuel S. a tout de suite perçu le danger. Ce type doit être un maquereau ou un videur de boîte de nuit. Attention au coup de tête qui brise le nez ou au coup de genou dans les parties !

Tout en se mettant en garde, en plein milieu de la chaussée, la tête légèrement de côté, la jambe droite prête à parer l'éventuel coup bas de l'adversaire, il fait front et explique calmement que les piétons ont des droits, surtout sur un passage protégé.

Ses paroles déchaînent un torrent de grossièretés telles qu'il en a rarement entendu. L'autre, les poings crispés, le visage à cinquante centimètres du sien, la haine dans la voix, hurle à plein poumons « *Espèce de pédé, j'vais t'la mettre, là, devant tout le monde, j'vais t'la mettre !* ".

Les badauds s'amusent de l'incident.

Une bouffée d'adrénaline passe dans son sang mais, sachant qu'une telle violence exige une grande dépense d'énergie et sera brève, *Samuel S.* reste impassible.

Bizarrement, en fixant son adversaire, l'image de Tarzan dialoguant avec Jane s'impose à son esprit. Mais ce Tarzan qui lui fait face, et le nie en l'insultant, est plus sauvage et inhumain que l'original. De très mauvais souvenirs refont surface.

Ce n'est pas « *Moi Tarzan, toi Jane mais Moi homme, toi rien* » ! »

Des *Tarzans* comme ça, il en a trop connu. Il fut même à leur merci. En ces temps-là, l'enjeu n'était pas un nez cassé mais la vie.

Cette violence terrifiante, cette violence introduisant une distance infranchissable entre des êtres humains, il la tient en horreur et l'attitude de ce bellâtre arrogant lui en offre une atroce réminiscence.

Comment garder le moindre idéalisme, la moindre foi dans l'Homme lorsque l'on y est si directement confronté ?

En quelques secondes, de terribles interrogations défilent dans sa tête. Quel lien invisible relie la *Shoah* et cet incident ? Quelle relation entre l'idéologie nazie et la banale perte de sang-froid d'un automobiliste trop ordinaire ? Un machisme exacerbé peut-il produire les mêmes effets que la croyance funeste d'un peuple fanatisé d'appartenir à une *race supérieure* ?

Dans cette minable mais très symbolique altercation, il retrouve le *corrupteur tapageur* évoqué quelques instants plus tôt par son ami.

L'autre, le visage ruisselant de sueur, à bout d'insultes, s'est calmé. En retournant à sa voiture, il lance une dernière bordée d'injures à coloration sexuelle.

En regardant la voiture s'éloigner et tourner en direction de la *rue Lafayette* il se hâte désormais pour rejoindre son service de cardiologie à l'hôpital *Lariboisière*.

En contournant à son tour l'Opéra, il aperçoit un attroupement à l'angle du boulevard Haussmann, en face des *Galeries Lafayette*.

Il semble qu'un véhicule soit monté sur le trottoir après avoir fauché un panneau de signalisation dans sa course.

Arrivé à une trentaine de mètres, il reconnaît la décapotable rouge, la portière gauche ouverte, son conducteur allongé sur le sol. Il presse le pas. Un jeune homme en bras de chemise pratique un massage cardiaque.

Son diagnostic est vite posé. Un brutal infarctus. Le visage se cyanose. Les gestes du jeune homme manquent d'efficacité.

Dans l'attente des secours, *Samuel S.* donne des directives pour disposer autrement la victime et exécuter le massage.

Les pompiers arrivent les premiers et prennent le relais. Curieux de savoir où il sera *dispatché* il attend la venue du SAMU.

La négociation par radio avec le médecin régulateur n'est pas longue, ce sera *Lariboisière*.

Troublé, il descend les marches du métro. Demain, dans son service, il devra visiter cet homme. Quelques minutes auparavant, pris lui-même pris dans l'engrenage de la violence, s'il en avait eu les moyens et si sa propre exécration avait atteint un paroxysme, ne l'aurait-il pas abattu comme un chien ?

L'être souffrant qu'il auscultera demain sera désarmé. Quelle sera son attitude ? Arrogante comme sait l'être un grand patron, sûr de son pouvoir médical ? Méprisante ? Moralisante ?

A l'hôpital ses patients attendent et les consultations s'enchaînent.

Enfin, à huit heures du soir, très las, très seul, il repense à son déjeuner. Il voudrait partager avec son ami l'expérience renouvelée de la confrontation entre spéculation intellectuelle et réalité.

Il compose le numéro. C'est un répondeur. Il raccroche.

Le lendemain matin, l'homme est tiré d'affaire. La famille n'a droit qu'à une brève visite. Une dame âgée portant un fichu, sa mère probablement, est à son chevet. Il a un choc. A l'évidence, elle est d'origine tsigane.

Il se fait porter la fiche. *Emil Reinhardt.* Oui, c'est bien ça !

Elle-même est peut-être une rescapée des camps.

Quel abîme ! Oui, décidément, le bien et le mal, une interrogation sans fond.

Il laissera ses internes suivre le cas *Reinhardt.*

Haikou (Chine). Jeune-femme fuyant la pluie de mousson.

Que d'eau, que d'eau[*] !

Fantaisie grammaticale

Il pleut ! Ça mouille tout ! Il a plu toute la semaine.

Le sol est détrempé. Impossible de mettre le nez dehors.

Pour des vacances, quelle guigne !

Il pleuvait déjà la semaine dernière et, aux dires des autochtones, il avait plu d'abondance le mois précèdent.

D'ailleurs, je me souviens qu'il plut dès le début de mon séjour.

Qu'il eut plu durant les journées de travail, quoi de plus normal ! Mais qu'il pleuve pendant ces moments de détente, quelle injustice !

Qu'il ait plu quelques gouttes à mon arrivée, soit ! Mais désormais c'en est trop ! Les vannes du ciel restent obstinément ouvertes, sans espoir d'un proche répit.

Il pleuvra ainsi des jours et des jours !

En fait, il aura plu jusqu'au dernier moment !

Si j'avais vraiment été Zen, j'aurais dû admettre qu'il pleuvrait même durant mes vacances et aussi qu'il aurait plu nuit et jour !

Alors, qu'il eût plu ou non, rien n'aurait affecté ma bonne humeur.

En pleuvant de la sorte, le Ciel m'a donné une leçon d'humilité (j'allais écrire, *lapsus calami,* d'humidité)...

J'aurais aussi pu lancer cette imprécation à la *Corneille* :

« Qu'il plût, ou qu'un digne désespoir alors me secourût » ...

Ayant plu tout l'été, j'ai pu conjuguer le verbe pleuvoir à tous les temps.

Ah, un mot encore !

Après une courte accalmie, il vient de pleuvoir à nouveau...

―――――――――――――

[*] Référence à la célèbre bourde du Président *Mac-Mahon* exprimant en 1874 sa compassion pour les victimes de graves inondations devant un parterre de journalistes.

Sauf erreur ou omission, dix-huit formes du verbe *pleuvoir* ont été utilisées :

1 Présent

2 Passé composé

3 Imparfait

4 Plus que parfait

5 Passé simple

6 Passé antérieur

7 Présent du subjonctif

8 Passé du subjonctif

9 Futur simple

10 Futur antérieur

11 Conditionnel présent

12 Conditionnel passé première forme

13 Conditionnel passé deuxième forme

14 Gérondif

15 Imparfait du subjonctif

16 Participe passé

17 Infinitif

18 Tournure de phrase

Scale to Heaven. Paris La Défense, juin 2009.

Les chemins de mon destin

Poésie

Art de feignant

Tu me plais et me soulages…

Tu m'offres de transcrire en peu de mots

La musiquette lancinante

Triste ou gaie selon les jours

Que je fredonne

Que je chantonne

Que je mâchonne

En poursuivant d'un air distant

Les chemins de mon destin

Paris La Défense

Novembre 1980.

Si la poésie est un art de feignants, disons de minimalistes, les maîtres en la matière sont, sans doute possible, les poètes japonais composant des *Haïkus*…

Dans leur domaine, les mathématiciens sont aussi des modèles de la concision, de l'économie de signe. Bref, les rois des fainéants !

D'ailleurs, qui mieux qu'*Euler*, a su faire tenir un monde en si peu de signes

$$e^{i\pi}=-1\ ?$$

Trois mats barque en Méditerranée. 1980.

Un port sur l'azur

Le ciel est, par-dessus le toit,
Si bleu, si calme…

La mer scintille en contrebas. La lumière du soleil est insoutenable. Au fond de la baie, une barrière verte de pins repose les yeux. L'été est à son plein. J'envie l'insouciance de ceux qui passent au loin, sur des bateaux. Mon chat s'étire paresseusement à mes pieds. Le vent du sud dessèche la gorge.

Comme en cette après-midi, il y a... C'est à la fois si proche et si lointain...

*

Je venais juste de rouvrir le magasin.

Il est entré en faisant tinter très fort les clochettes de la porte. C'était en quelque sorte sa signature.

Il était déjà venu trois ou quatre fois, faisant mine de se renseigner sur les bagages. Pour être pris au sérieux, il avait acheté quelques bricoles. C'était un prétexte. Je n'étais pas dupe.

Il n'était pas vraiment beau mais traînait un air de chien perdu, un besoin de tendresse qui m'attiraient.

Quand je m'y attendais le moins, il me prit dans ses bras et me murmura quelques mots à l'oreille. Ses paroles étaient banales, maladroites mais le charme opéra. Pour être franche, je le désirais depuis sa première apparition. Ma vie à *Chieti* était si morne.

La suite fut banale, sans fantaisie, sans chaleur. Une étreinte rapide comme j'en avais connu avec d'autres clients dans la remise du magasin.

Je tenais cette boutique de maroquinerie pour le compte d'un notable, le député de *Pescara*, la sous-préfecture du *mezzogiorno*, au pied des *Abruzzes*.

Début septembre, après quelques visites, il m'annonça qu'il passerait deux semaines de vacances chez sa mère, à *Bari*.

Les jours s'écoulèrent sur fond de cafard. J'y pensais parfois. En fait, bien souvent.

Je ne savais presque rien de lui. Son prénom, *Angelo*. Qu'il était marié et représentant de commerce en articles de cuisine.

Tout en appréciant ces petites bouffées de bonheur, je restais sur mes gardes. Pourquoi s'intéressait-il à moi ? Était-il possible, comme il le prétendait, que mon regard l'ait charmé ? Personne ne s'était jamais vraiment attaché à moi.

*

L'automne me le ramena et mon cœur battit de nouveau très fort quand il m'embrassa.

Il tenait son bras gauche derrière son dos. D'un geste brusque, il me tendit le bouquet de fleurs qu'il dissimulait.

« C'est pour toi ! »

Avant de me quitter, il me proposa d'aller faire une promenade le dimanche suivant. C'était inattendu de la part d'un homme marié, surtout dans notre région.

*

Il passa me chercher à la boutique. Il voulait marcher dans la montagne. Je lui proposais le massif de la *Maïella*, face au *Gran Sasso*, le sommet dominant des *Abbruzes*.

Au bout d'une heure de trajet, passé le dernier village, on s'engagea sur une piste forestière que je connaissais bien. Elle montait au milieu des bouleaux. A mi-pente avant le col, je lui montrais l'orphelinat où j'avais passé ma petite enfance pendant la guerre. Un peu plus haut, en dessous du sommet, il arrêta la voiture.

74

On s'enfonça dans le massif en se tenant par la main, sans parler. Les fougères montaient de plus en plus haut. Il en coupa une gerbe qu'il disposa en litière sur une petite plate-forme et me prit sans prélude, comme les bêtes le font.

Dans le lointain, par une trouée, j'apercevais le monastère de *Monte Cassino*. On resta un moment allongés côte à côte. Le ciel d'un bleu profond se découpait entre les cimes des arbres. Je me sentais libre. J'étais heureuse.

C'était la première fois que je faisais l'amour en pleine nature.

On se releva. En une demi-heure on atteignit l'ancien refuge du Club Alpin puis, un quart d'heure après, le sommet. En se couchant, le soleil illuminait le *Gran Sasso* de lueurs rouge brique. Nous étions seuls sur cette montagne.

Blottie dans ses bras, je lui racontais mes souvenirs d'orphelinat.

Certaines nuits d'hiver, quand la neige recouvrait le massif, les loups hurlaient. La plupart des enfants paniquaient, pas moi. En entendant ce récit il murmura entre ses dents « *Lupus homini lupus* ». Comme je ne comprenais pas ces mots latins, il me traduisit : « L'homme est un loup pour l'homme ».

La nuit tombait. Je frissonnais, autant de cette terrible évidence, que de froid. On retourna à la voiture, non sans peine car la trace du sentier se perdait parfois sous le couvert des arbres.

*

Depuis son retour de Bari son attitude avait changé. Je le trouvais bizarre.

Une seule chose semblait l'intéresser, mes relations avec mon patron. Venait-il souvent au magasin ? Quand ? Était-il seul ? Ses questions me faisaient mal. Elles montraient à quel point je comptais peu pour lui.

Malgré tout, j'y tenais. Je n'allais pas gâcher l'occasion qu'il m'offrait de sortir de mon morne train-train par une vanité de gamine.

Bien sûr, le député avait essayé. C'était un coureur. Il n'était plus tout jeune mais portait encore beau. Malgré le risque pour mon emploi, je ne lui avais jamais cédé. Veuf depuis quinze ans, sans enfants, j'ai toujours pensé qu'il avait acheté ce fonds pour installer l'une de ses maîtresses. Pourquoi cela ne s'était-il pas fait ? Je l'ignorais.

Une fois par mois, s'annonçant par un coup de téléphone, il venait vérifier les comptes et la bonne marche de l'affaire. A l'heure dite, le chauffeur garait la voiture sur la place.

Son garde du corps ouvrait la portière et surveillait les abords tant que le député n'était pas à l'abri du magasin. Puis, l'esprit tranquille, il retournait bavarder avec son collègue.

*

C'était un jour d'hiver pluvieux. Angelo était assis sur une chaise à côté de la caisse depuis une heure. J'étais nerveuse. Je le pressais de partir. L'arrivée du patron était imminente.

A son entrée, Angelo se leva.

Devant des inconnus, le député affichait toujours un sourire de notable bienveillant mais, dès qu'il reconnut le visiteur il blêmit et articula d'une voix blanche « *Suzanna* ! ».

En un éclair j'avais tout compris. Mon patron était l'amant de cette *Suzanna*. Je l'avais deviné à demi-mot après avoir saisi les bribes d'une conversation téléphonique. Il semblait beaucoup y tenir.

Tout alla très vite. Angelo fit trois pas dans sa direction. D'un geste rapide semblable à celui avec lequel il m'avait offert le bouquet il sortit de sa poche de pantalon un long couteau à cran d'arrêt.

Un bref déclic. La lame se déploya, effilée, glaciale.

A ce moment je compris pourquoi « l'homme était un loup pour l'homme ». Un loup, oui, avec des crocs d'acier !

Je revois la scène au ralenti ...

Un bras se déploie lentement, l'éclair d'une lame frappe la poitrine, une bouche grimace, un corps s'affaisse...

Angelo regardait sa victime d'un air absent. Avec des gestes d'automate il essuya la lame sanglante sur la veste du cadavre.

Semblant sortir d'un rêve, il dit simplement « appelle les flics ! » et se réfugia dans la remise.

L'enquête fut vite expédiée. Le commissaire, ami d'enfance du député, conclut à un crime passionnel commis avec préméditation mais sans complicité autre qu'involontaire, la mienne.

Dans notre petite ville les murs ont des oreilles et les maisons des bouches médisantes. Ma vie devint intenable. La rumeur me désignait comme la responsable du meurtre de leur bien-aimé député. La boutique fut vendue.

Je partis m'installer à *Pescara*, au bord de l'Adriatique, à une vingtaine de kilomètres de *Chieti*. J'avais perdu le peu que la vie m'avait accordé : quelques amies, mon chat que j'avais dû abandonner, le deux-pièces que mon patron me louait pour pas cher.

A mon âge je ne trouvais qu'une place de femme de chambre dans un hôtel meublé.

*

Angelo était en préventive. Il m'écrivit pour me demander de venir le voir. Le juge d'instruction ne s'y opposa pas.

J'hésitais avant d'accepter.

Notre relation prit alors un nouveau tour. Ces rencontres au parloir étaient plus tendres que nos brefs enlacements dans l'arrière-boutique. On formait même des projets d'avenir.

Il me parlait de sa femme. Peu à peu son portrait se dessinait et je compris mieux les raisons de son geste. Je lui demandais de me montrer une photo mais il les avait toutes détruites, juste avant le drame.

Elle devait être belle. Je la devinais avide d'une vie brillante. Gagnant juste assez pour entretenir le ménage, Angelo avait été incapable de la lui procurer. Par dépit, elle prenait plaisir à l'humilier.

Ses aventures étaient nombreuses. Elle s'était vantée de certaines mais c'est par hasard qu'il avait appris sa liaison avec le député.

Après une scène orageuse chez sa mère durant leurs vacances à *Bari*, elle avait reconnu qu'elle le trompait avec cet homme influent. Angelo avait dû subir cette humiliation sans dire mot.

A leur retour, elle poussa la provocation jusqu'à lui annoncer qu'elle passerait un week-end avec son amant.

Le désespoir mais aussi la rage s'emparèrent de lui.

Il prit conscience qu'avec sa beauté, son charme, elle avait les moyens de ses ambitions. Tôt ou tard elle le plaquerait pour un plus riche ou un plus puissant que lui.

Il avait alors décidé d'en finir avec ce qui représentait à ses yeux une insupportable insulte à sa dignité. Mais le député, magouilleur, avait déjà reçu des menaces de mort. Craignant pour sa vie, il n'était pas facile à rencontrer seul à seul. D'où le piège dans lequel il m'avait entraînée à mon insu.

Sa femme n'était venue au parloir qu'une seule fois, avec un avocat, pour engager la procédure de divorce.

*

Le procès devant la cour d'assises débuta dans l'indifférence.

L'affaire était si banale qu'elle semblait ennuyer tout le monde.

Le procureur ne le chargea que du bout des lèvres. Angelo bénéficiait d'une indulgence diffuse. Tout le monde attendait un verdict sans surprise avec une peine minimum à la clef.

Après la déposition du commissaire de police, je fus appelée à la barre. Je dus raconter ses visites au magasin. J'entendais dans mon dos les murmures réprobateurs des bien-pensants.

Le président voulait comprendre comment le meurtre s'était exactement déroulé. Il me demanda si l'honorable député avait menacé l'accusé ou proféré des paroles blessantes.

Je répondis que non. Il me posa ensuite une question qui me parut stupide « Connaissez-vous sa femme ? »

Je répliquais qu'Angelo m'avait souvent parlé d'elle depuis sa détention mais je ne l'avais jamais vue. L'interrogatoire était terminé. Je retournais à ma place, au premier rang.

Son tour vint. Elle fut appelée à la barre et pénétra dans le prétoire par la porte du fond.

Un murmure admiratif s'amplifiait à mesure qu'elle s'avançait vers la Cour. Quand je la sentis à quelques pas derrière moi, je me retournais pour la dévisager.

Un choc, *Suzanna* ! La camarade de collège que je détestais entre toutes. Celle qui m'avait toujours humiliée et volé le seul fiancé qui s'était officiellement déclaré à ma famille d'adoption. Cette fille de la petite bourgeoisie avait toujours méprisé l'orpheline que j'étais, prenant plaisir à le faire savoir à ceux qui m'approchaient.

J'en avais le souffle coupé.

Malgré les années elle m'avait reconnue et, comme par le passé, me toisait de toute sa suffisance.

L'assurance qu'elle mettait à répondre à l'interrogatoire du président impressionnait la salle. Oui, elle avait bien été la maîtresse de mon patron pendant trois ans. Oui, l'Honorable Député lui avait légué ses biens. Savait-elle que son mari entretenait une liaison avec la gérante d'un magasin de maroquinerie ? Oui, elle le savait ! Comment l'avait-elle appris ? En découvrant dans ses poches une facture de maroquinerie.

Cet achat lui avait mis la puce à l'oreille. Ses soupçons s'étaient transformés en certitude après une courte surveillance des abords du magasin, un jour où la tournée de son mari passait par *Chieti*.

Quand le président lui demanda si elle connaissait personnellement le témoin direct du crime, elle hésita un instant, puis, sans un mot, elle se retourna pour me désigner du doigt.

Intrigué par cette révélation ne figurant pas dans le dossier, le président poursuivit l'interrogatoire sur un ton plus incisif.

Pressée de questions, elle dût admettre par bribes qu'elle avait sciemment attisé la jalousie de son mari.

Elle baissa la tête pour la première fois quand le magistrat suggéra que son but était de le pousser à supprimer son vieil amant, le député.

Un silence de plomb tomba sur la salle. Dans son box, Angelo était abasourdi. Il avait été manipulé. Comme moi, il avait été l'instrument de cette diabolique. Notre séparation, le malheur qui s'était abattu sur moi, sur nous, c'est à elle que nous le devions. Une fois de plus, elle empochait la mise. C'était trop injuste !

Une bouffée de haine me submergea.

Non, malgré ce que proclamait la devise inscrite en lettres majuscules au-dessus des juges, la loi n'est pas égale pour tous[*]. Il y a les riches et les pauvres, les éclatantes et les ternes, les adulées et les bafouées.

*

Le couteau était là, grand ouvert sous la vitrine des pièces à conviction. Sa lame brillante, son manche noir, me faisaient signe. Ma tête se brouilla. Mes oreilles bourdonnaient. En trois enjambées, j'avais atteint le meuble, soulevé le couvercle et saisi l'arme dans ma main droite. Un carabinier se précipita à ma rencontre du fond de la salle mais je fus plus rapide.

Dans un réflexe de fuite, *Suzanna* me tourna le dos. Le premier coup l'atteignit à hauteur des reins. Bien que blessée, elle me fit face pour tenter de m'arracher le couteau. C'est alors que je lui portais le coup fatal. Je levais mon bras très haut au-dessus de l'épaule et l'abattis avec force sur sa poitrine. Je sentis la lame hésiter puis s'enfoncer sans effort.

Elle s'effondra. Je l'accompagnais dans sa chute, ma main toujours crispée sur le manche.

La salle prit alors les allures d'un champ de foire sous un orage de grêle. Ça courrait dans tous les sens.

---

[*] *En Italie, la devise " La legge é uguale per tutti " est inscrite dans toutes les salles d'audience.*

Avant de me passer les menottes, le garde me désarma en serrant très fort mon poignet. Hébétée, je ne sentais rien, n'entendais rien. Un long cauchemar commençait.

Le procès reprit le lendemain. Vu les circonstances, Angelo ne fut condamné qu'à quatre ans de prison. Comme il avait déjà plus de deux années de préventive, il sortit bientôt.

Ma condamnation fut bien plus sévère. On ne trouble pas impunément le bon déroulement de la justice. Douze ans, c'est long.

*

Ces moments je les revis tous les jours en contemplant la mer à travers les grilles de la prison de *Porto-Azzuro*.

Surplombant ce petit port de *l'île d'Elbe*, elle offre la plus belle vue de tous les établissements pénitentiaires d'Italie.

L'été est la saison la plus pénible. Toute cette douceur de vivre étalée sous mes yeux, cette baie où s'ébattent les heureux du moment, c'est mon supplice quotidien.

Il avait suffi d'une poignée de secondes dans un mouvement de révolte pour que je perde le peu que j'avais réussi à bâtir. Une vie à la mesure de mes moyens, sans excès, sans désirs inaccessibles mais sans nuages. Angelo représentait le seul espoir d'un avenir plus souriant.

Je ne l'ai jamais revu.

Zermatt, été 1995.